गुलज़ार

गुलज़ार एक मशहूर शायर हैं जो फ़िल्में बनाते हैं। गुलज़ार एक अप्रतिम फ़िल्मकार हैं जो कविताएँ, कहानियाँ लिखते हैं।

बिमल राय के सहायक निर्देशक के रूप में शुरू हुए। फ़िल्मों की दुनिया में उनकी कविताई इस तरह चली कि हर कोई गुनगुना उठा। एक 'गुलज़ार-टाइप' बन गया। अनूठे संवाद, अविस्मरणीय पटकथाएँ, आसपास की ज़िन्दगी के लम्हे उठाती मुग्धकारी फ़िल्में। 'परिचय', 'आँधी', 'मौसम, 'किनारा', 'ख़ुशबू', 'नमकीन', 'अंगूर', 'इजाज़त'—हर एक अपने में अलग।

1934 में दीना (अब पाकिस्तान) में जन्मे गुलज़ार ने रिश्ते और राजनीति—दोनों की बराबर परख की। उन्होंने 'माचिस' और 'हू-तू-तू' बनाई, 'सत्या' के लिए लिखा—'गोली मार भेजे में, भेजा शोर करता है...'

कई किताबें लिखीं। 'चौरस रात' और 'रावी पार' में कहानियाँ हैं तो 'गीली मिट्टी' एक उपन्यास। 'कुछ नज़्में', 'साइलेंसेस', 'पुखराज', 'चाँद पुखराज का', 'ऑटम मून', 'त्रिवेणी' वगैरह में कविताएँ हैं। बच्चों के मामले में बेहद गम्भीर। बहुलोकप्रिय गीतों के अलावा ढेरों प्यारी-प्यारी किताबें लिखीं जिनमें कई खंडों वाली 'बोसकी का पंचतंत्र' भी है। 'मेरा कुछ सामान' फ़िल्मी गीतों का पहला संग्रह था, 'छैंया-छैंया' दूसरा। 'खराशें' नाट्य-पुस्तक है, 'मीरा', 'ख़ुशबू', 'आँधी' और अन्य कई फ़िल्मों की पटकथाएँ। 'सनसेट प्वॉइंट', 'विसाल', 'वादा', 'बूढ़े पहाड़ों' पर या 'मरासिम' जैसे अल्बम हैं तो 'फ़िज़ा' और 'फ़िलहाल' भी। यह विकास-यात्रा का नया चरण है।

बाक़ी कामों के साथ-साथ 'मिर्ज़ा ग़ालिब' जैसा प्रामाणिक टी.वी. सीरियल बनाया, कई अलंकरण पाए। सफ़र इसी तरह जारी है। फ़िल्में भी हैं और 'पाजी नज़्मों' का मजमुआ भी आकार ले रहा है। चिट्ठी का पता वही है—बोस्कियाना, पाली हिल, बांद्रा, मुम्बई।

अचानक

मंज़रनामा

गुलज़ार

राधाकृष्ण पेपरबैक्स

पहला पुस्तकालय संस्करण
राधाकृष्ण प्रकाशन प्राइवेट लिमिटेड द्वारा
2016 में प्रकाशित

राधाकृष्ण पेपरबैक्स में
पहला संस्करण : 2016
दूसरा संस्करण : 2023

राधाकृष्ण पेपरबैक्स : उत्कृष्ट साहित्य के जनसुलभ संस्करण

राधाकृष्ण प्रकाशन प्राइवेट लिमिटेड
जी-17, जगतपुरी, दिल्ली-110 051
द्वारा प्रकाशित

शाखाएँ : अशोक राजपथ, साइंस कॉलेज के सामने, पटना-800 006
पहली मंजिल, दरबारी बिल्डिंग, महात्मा गांधी मार्ग, प्रयागराज-211 001
1, अनमोल सोराबजी सन्तुक लेन, धोबी तलाव, मरीन लाइंस, मुम्बई-400 002

वेबसाइट : www.radhakrishnaprakashan.com
ई-मेल : info@radhakrishnaprakashan.com

यश प्रिंटोग्राफ़िक्स
नोएडा-201 301 (उत्तर प्रदेश)
द्वारा मुद्रित

मूल्य : ₹199

ACHANAK
by Gulzar

ISBN : 978-81-8361-810-6

दीबाचा

जो नज़र आता है, उसे मंज़र कहते हैं और मनाज़िर में कही गई कहानी का नाम मंज़रनामा है। अंग्रेज़ी में इसके लिए दो अल्फ़ाज इस्तेमाल होते हैं। एक स्क्रीनप्ले है, दूसरा सिनेरिओ (Scenerio)। दोनों तक़रीबन एक-से हैं लेकिन स्क्रीनप्ले में 'डिज़ॉल्व' और 'कट' और दूसरी तकनीकी हिदायतें भी लिख दी जाती हैं, जो डायरेक्टर की मदद करती हैं। इसमें 'सेट' यानी 'महल वक़ू' और मंज़र का वक़्त भी दर्ज किया जाता है। (यानी मंज़रनामा सुबह, शाम, रात या दोपहर, किस वक़्त का है) ये तफ़सीलात डायरेक्टर के लिए तभी ज़रूरी होती हैं, जब वह स्क्रीनप्ले को फ़िल्माता है, वरना ये तकनीकी हिदायत पढ़ने में रुकावट पैदा करती हैं। इसलिए आम कारी के पढ़ने के लिए सिनेरिओ ही ज्यादा मौज़ूँ है, ताकि वह उसे एक नॉवल की सूरत बिना किसी रुकावट के पढ़ सके। इसी का नाम मंज़रनामा है।

अदब में मंज़रनामा एक मुकम्मिल फ़ॉर्म भी है, जिसकी पहली मिसाल जो मेरी नज़र में गुज़री, वह डी. सैका का मंज़रनामा 'अमरीका अमरीका' था। इस डायरेक्टर ने वह मंज़रनामा पहले लिखा, शाया किया और बाद में इस पर फ़िल्म बनाई। अदब में बहुत-से मुसन्निफ़ हैं जो अपने नॉवल भी तक़रीबन मंज़रनामे की शक्ल में लिखते हैं। शरत्चन्द्र के बेशतर नॉवल इस फ़ॉर्म के बहुत क़रीब हैं।

ये मंज़रनामे पेश करने का एक मक़सद कारी को इस फ़ॉर्म से मुतारिफ़ करना भी है और दूसरे यह कि टी.वी. और सिनेमा से दिलचस्पी रखनेवाले शायक़ीन यह देख सकें कि नॉवल को

किस तरह मंज़रनामे की शक्ल दी जाती है। मेरे लिए ये एतराफ़ करना ज़रूरी है कि मैं मंज़रकशी पर किसी महारत का दावेदार नहीं–कोई दूसरा डायरेक्टर या मुसन्निफ़, हो सकता है, मुझसे बेहतर मंज़रनामा तख़लीक कर ले!

मंज़रनामा का अन्दाज़े-बयान अमूमन ओरिजिनल कहानी से अलग हो जाता है इसलिए वह अस्ल कहानी या नॉवल या सवानेह उमरी का Interpretation बन जाता है, जिसकी मिसाल चन्द मशहूर फिल्मों से दी जा सकती है, जैसे–'अनारकली' और 'मुग़लेआज़म' एक ही ड्रामे को माखूज़ किए गए हैं। 'देवदास' जितनी बार बनी, और कई ज़बानों में बनी, उसका मंज़रनामा बदलता रहा। टी.वी. की आमद से मंज़रनामों की ज़रूरत में बहुत इज़ाफ़ा हो गया है। छोटे-छोटे अफ़सानों के मंज़रनामे भी लिखे जाने लगे हैं। अहमद नदीम कासमी, राजिन्दर सिंह बेदी, भीष्म साहनी, मुंशी प्रेमचन्द और दूसरे बेशुमार अदीबों के अफ़सानों पर काम हो रहा है। बहुत-से सीरियल सीधे मंज़रनामों में लिखे जाते हैं। टी.वी. की फिल्मों के लिए चूँकि वक़्त की पाबन्दी (तवालत, Duration) का लिहाज़ रखना पड़ता है। इसलिए मंज़रनामों के लिए अक्सर अदब से लिये गए मशहूर अफ़सानों को कभी मुख़्तसर करना पड़ता है, कभी फैलाव देना पड़ता है।

मुझे उम्मीद है कि मेरी यह कोशिश दूसरों के लिए कारआमद साबित होगी और दूसरों के तजुर्बों से मुझे फ़ायदा होगा–कोई नई राह खुलेगी, कोई नई बात पैदा होगी।

अचानक

[1]

अस्पताल के कॉरिडोर में बैठे हुए बहुत-से मरीज़ों को स्ट्रेचर पर वार्ड ब्वॉय लेकर जा रहे थे। डॉक्टर चौधरी बड़ी बेचैनी से अपने कमरे में टहल रहे थे, और तक़रीबन ग़ुस्से में मेजर गुप्ता को कुछ समझा रहे थे—एक ऐसे मरीज़ के बारे में, जिसके सीने में चार-चार गोलियाँ आर-पार हो चुकी थीं।

''इम्पॉसिबल, एब्सोल्यूटली इम्पॉसिबल! कभी सुना है आपने, गोली सीने से गुज़र जाए और आदमी मरे नहीं? मुझे तो हैरत होती है कि वो यहाँ तक पहुँच कैसे गया?''

पीछे खड़े मेजर गुप्ता बोल पड़े :

''पर डॉक्टर, जब तक वो ज़िन्दा है...''

''आई नो, आई नो, जब तक एक इनसान की साँस चलती है, एक डॉक्टर अपनी कोशिश नहीं छोड़ सकता, लेकिन बट डोंट इस्पेक्ट मी टू परफार्म मेरेकल्स! मैं मोजज़े तो नहीं कर सकता!''

''डॉक्टर, यू मस्ट ट्राई, एज़ लोंग एज़ ही इज़ लीविंग! मैं ज़िम्मेदारी लेने के लिए तैयार हूँ। मैं साइन कर दूँ डॉक्टर?''

"कोई रिश्तेदार... कोई अपना उसका?"

"नहीं डॉक्टर, कोई नहीं। अगर कोई है तो उसका इन्तज़ार नहीं किया जा सकता...!"

डॉक्टर चौधरी ने हाँ में सिर हिलाया :

"मैं जानता हूँ!"

"लेकिन यक़ीन मानिए मिस्टर गुप्ता, ये सिर्फ़ चंद मिनटों की बात है, घंटे भर भी नहीं, शायद मेरे पहुँचते ही..."

बाहर के दरवाज़े से डॉक्टर कैलाश, डॉक्टर चौधरी के पास आया और कहा :

"मरीज़ को एनेस्थेसिया दे दिया गया है। एवरी थिंग इज़ रेडी फ़ॉर ऑपरेशन।"

डॉक्टर चौधरी ने यह सुनकर डॉक्टर कैलाश की तरफ़ बड़ी हैरत से देखा :

"वो अभी ज़िन्दा है...?"

[2]

ऑपरेशन थिएटर में एक घायल इनसान का ऑपरेशन डॉक्टर चौधरी और डॉक्टर कैलाश कर रहे थे। डॉक्टर चौधरी के कमरे में मेजर गुप्ता बेचैनी से इधर-उधर टहल रहे थे, कुछ सोचते हुए। उन्हें याद आ रहा था कि...

[3]

अदालत में जज अपनी कुर्सी पर बैठा मेजर रंजीत के केस का .फ़ैसला सुना रहा था। पास ही के कठघरे में रंजीत खन्ना ख़ामोशी से खड़ा अपना .फ़ैसला सुन रहा था। अदालत में ही मिस्टर गुप्ता भी बैठे थे। वह भी जज के .फ़ैसले को सुन रहे थे। जज के .फ़ैसले के दौरान बार-बार मेजर रंजीत खन्ना अपनी गर्दन को अपने हाथों से सहला रहा था, जैसे उसे मालूम था कि जज साहब उसे मौत की ही सज़ा देंगे।

''तमाम तहक़ीक़ात के बाद अदालत इस फ़ैसले पर पहुँची है कि मुजरिम रंजीत खन्ना, बिला शक-व-शुबा ख़ूनी है, और उसपर दो ख़ून करने का जुर्म साबित होता है। दफ़ा तीन सौ दो, इंडियन पैनल कोड के तहत अदालत उसपर सज़ा-ए-मौत का हुक्म सादिर करती है।''

यह .फ़ैसला सुनकर सभी बैठे हुए लोगों के चेहरे सफ़ेद हो गए।

''ही इज़, टू बी हैंग बाई नेक, टिल ही डाइज़।''

जज का .फ़ैसला सुनकर रंजीत खन्ना ने अपनी क़मीज़ का ऊपरी बटन खोला और अपनी उँगलियों से गले को सहलाने लगा, जैसे वह एहसास कर रहा हो कि इसी गले में फाँसी का फन्दा लगेगा, फिर कुछ सोच-कर रंजीत ने कहा :

‘‘जज साहब, एक छोटी-सी दरख़्वास्त है, अगर आप मंज़ूर करें तो...’’

जज ने अपना चश्मा आँखों पर लगाया।

‘‘कहो।’’

‘‘मैं एक बार अपने घर जाना चाहता हूँ। अपनी पत्नी के कमरे में जाकर उसकी आत्मा के लिए प्रार्थना करना चाहता हूँ। वो मुझे याद करती है जज साहब, कई दिनों से मुझे बुला रही है। अगर मैं उसे मिले बग़ैर चला गया तो उसकी आत्मा भटकती रहेगी–वहीं उस कमरे में। मुझे ऊपर भी नहीं मिलेगी जज साहब! सिर्फ़ इतना कर दीजिए!’’

यह सुनकर जज साहब कुछ सोचने लगे और फिर कहा :

‘‘अगर जेल का क़ानून इसकी इजाज़त देता है तो तुम्हारी यह ख़्वाहिश ज़रूर मंज़ूर की जाएगी, अदालत इजाज़त देती है।’’

[4]

डॉक्टर चौधरी ऑपरेशन थिएटर से निकले और रूमाल से चेहरे का पसीना पोंछते हुए अस्पताल के कॉरिडोर से होते हुए अपने केबिन में पहुँचे, जहाँ मेजर गुप्ता पहले से ही डॉक्टर चौधरी का इंतज़ार कर रहे थे। डॉक्टर चौधरी थके हुए थे, अपनी कुर्सी पर बैठ गए। मेजर गुप्ता ने उनसे पूछा :

‘‘डॉक्टर...’’

डॉक्टर चौधरी ने अपनी आँखें बन्द कर लीं, जैसे कुछ कहना न चाहते हों।

‘‘कोई उम्मीद..?’’

डॉक्टर चौधरी ख़ामोश रहे। मेजर गुप्ता ने फिर पूछा :

‘‘अभी ज़िन्दा है न?’’

यह सुनकर डॉक्टर चौधरी ने एक लंबी साँस खींची।

‘‘यस! मिस्टर गुप्ता अभी ज़िन्दा है, कुछ मिनटों के लिए, या शायद घंटा भर के लिए...’’

‘‘ऑपरेशन क्या...?’’

‘‘अगर घंटे भर से ज़्यादा बच गया, तो एक और ऑपरेशन करना होगा और उसके बाद...उसके बाद, फिर कुछ मिनट या चंद घंटे...’’

डॉक्टर चौधरी परेशान होते हुए, झल्लाते हुए अपनी कुर्सी से उठ खड़े हुए और मेजर गुप्ता के पास आकर ग़ुस्से से कहने लगे :

‘‘मिस्टर गुप्ता, आप शायद यक़ीन नहीं करेंगे, मैंने उसका एक फेफड़ा निकाल दिया है, जो बिल्कुल डेमेज हो चुका था। दिल के ऊपर का मसल टूट गया है। पसली टूट चुकी है...’’

झल्लाते हुए डॉक्टर ने अपना चश्मा आँखों से उतारकर हाथ में पकड़ लिया।

‘‘और...और मेरे तो ये समझ में नहीं आता कि आदमी ज़िन्दा क्यों है?...किसलिए...?’’

डॉक्टर चौधरी शांत हुए और दबे लफ़्ज़ों में कहा :

‘‘शायद...शायद हमारा इम्तहान लेने के लिए!’’

[5]

मेजर रंजीत खन्ना अपने बिस्तर पर बेहोश पड़ा हुआ था। शरीर पर पट्टियाँ बँधी थीं। नाक पर ऑक्सीजन का मास्क लगा था, और साथ में ख़ून भी चढ़ाया जा रहा था। पास ही में एक नर्स भी बैठी थी।

[6]

अस्पताल के अन्दर एक मिलिटरी की जीप दाख़िल हुई। कम्पाउंड से होते हुए पोर्च में आकर खड़ी हुई, जिससे मिलिटरी के ड्रेस में एक ऑफ़िसर उतरा, और अस्पताल के अन्दर चला गया। लिफ़्ट से होता हुआ अस्पताल के तीसरे फ़्लोर पर पहुँचा तो वहाँ बैठी नर्स से कर्नल बख़्शी ने पूछा :

‘‘एक्सक्यूज़ मी!’’

''यस...?''

''आई वांट टू सी डॉक्टर चौधरी!''

''प्लीज़ गो स्टेट!''

कर्नल बख़्शी वहाँ से चल दिए। कर्नल बख़्शी डॉक्टर चौधरी के पास आए और अपना तारूफ़ कराया।

''डॉक्टर चौधरी, आई एम कर्नल बख़्शी।''

''प्लीज़ सिट डाउन कर्नल बख़्शी!''

''थैंक्यू...मेरा एक जवान आपके तिमारदारी में है–मेजर खन्ना!''

ध्यान से डॉक्टर चौधरी ने कर्नल को देखा।

''रंजीत खन्ना–इज़ इट...?''

''हाँ, वही। ही इज़ फ्रॉम माई यूनिट, मैं उससे मिलना चाहता हूँ।''

''मिलने के क़ाबिल तो वो नहीं है। हाँ, देखने के क़ाबिल ज़रूर है।''

कर्नल बख़्शी एक पल को ठिठके।

''मैं ठीक कह रहा हूँ कर्नल। जिस वक़्त वो आया था, कुछ मिनटों से ज़्यादा की उम्मीद नहीं थी, फिर कुछ घंटे गुज़र गए और अब...''

एक पल को वह चुप हो गए और कुछ सोचकर फिर कहने लगे :

''आज तीसरा दिन है और वो अभी तक ज़िन्दा है।''

ख़ुश होकर कर्नल बख़्शी ने पूछा :

"मतलब...मतलब वो बच जाएगा?"
"मुझे तो अब भी उम्मीद नहीं है। अपनी कोशिश से ज़्यादा मुझे उस आदमी पर हैरत होती है। मेडिकली स्पीकिंग कर्नल, ही शुड हैव बिन डेड बाई नाउ।"

फिर सिर हिलाते हुए कहा :

"बट ही इज़ देयर...वेरी मच देयर।"

[7]

मेजर रंजीत बेड पर बेहोश पड़ा था। ग्लूकोज़ चढ़ रहा था। पास ही में डॉक्टर कैलाश और एक नर्स खड़े हुए कुछ काम कर रहे थे। रंजीत को होश आना शुरू हुआ और कुछ टूटा-फूटा-सा बोलने लगा। नर्स ने उसकी तरफ़ देखा और क़रीब आकर बैठ गई और डॉक्टर को भी बुलाया। दोनों रंजीत के चेहरे को देखने लगे। डॉक्टर कैलाश यह देखकर बोल पड़ा :

"कमाल है, इट्स मैजिकल रियली!"
"सच, मुझे लगता है, ये आदमी अपने विल की वजह से बच गया, नहीं?"
"आई डोंट थिंक सो। इतने बड़े ऑपरेशन से कोई बचा है आज तक?"

मेजर रंजीत धीरे-धीरे होश में आने लगा। उसने अपनी आँखें खोलीं और डॉक्टर और नर्स को देखने लगा। रंजीत कुछ बोलना चाह रहा था, कुछ कहना चाह रहा था; जैसे किसी को बुला रहा हो, उसके नाम से :

''प...प...प...पुष्पा!''

डॉक्टर कैलाश और नर्स रंजीत के चेहरे को ध्यान से पढ़ने की कोशिश कर रहे थे कि बाहरी दरवाज़े से डॉक्टर चौधरी और कर्नल बख़्शी कमरे में आ गए। रंजीत के क़रीब रखे स्टूल पर बैठते हुए पूछा :

''क्या हाल है मरीज़ का...?''

नर्स ने जो अभी देखा था, बताया :

''कभी-कभी थोड़ा होश आता है। लेकिन यही कुछ सेकंड के लिए।''

''आज कब होश में आया?''

डॉक्टर कैलाश ने बताया :

''आज अभी आपके आने से कुछ देर पहले...''

डॉक्टर चौधरी ने राधा की तरफ़ देखा।

''पुष्पा या कुछ ऐसा ही नाम ले रहे थे।''

कर्नल बख़्शी बोल पड़े :

''पुष्पा इसकी बीवी का नाम है।''

उसी वक़्त रंजीत के होंठ फिर हिले। सभी लोग रंजीत के चेहरे को देखने लगे। रंजीत फिर से अपनी पत्नी को पुकारने लगा :

‘‘पुष्पा...पुष्पा...पुष्पा...!’’

[8]

[फ़्लैश बैक]

रंजीत लेटा हुआ अपनी पत्नी की गोद में सिर को रखे हुए मैगज़ीन पढ़ रहा था और उसके हाथों में ख़ाली गिलास था, और पास ही टेबल पर एक शराब की बोतल, कुछ सोडे की बोतलें पड़ी थीं। रंजीत ने पुष्पा को टहोका दिया :

‘‘पुष्पा...’’
‘‘हूँ...’’

ख़ाली गिलास देखते हुए पुष्पा से कहा :

‘‘एक पैग और...’’

पुष्पा उसके बाल चुन रही थी।

‘‘अरे बाल भी पकने लग गए आपके...!’’

पुष्पा रंजीत की बातों पर ध्यान नहीं दे रही थी।

‘‘ पुष्पा, जस्ट वन मोर प्लीज़, डार्लिंग!’’
‘‘नो मोर डार्लिंग, बहुत पी चुके हैं आप।’’

''ओह-हो पुष्पा, तुम समझतीं नहीं! एक सिपाही के लिए शराब पीना उतना ही ज़रूरी है जितना बन्दूक़ चलाना...हाँ!''

पुष्पा ने रंजीत के बालों को सहलाते हुए कहा :

''एक काम कीजिए...फ़ौज छोड़ दीजिए।''
''क्यों...?''
''शराब पीने का बहाना जो मिल गया आपको।''
''अच्छा, ठीक है। मैं फ़ौज छोड़ देता हूँ, लेकिन तुम भरती हो जाओ।''
''मैं क्यों..?''
''इसलिए कि हर बात पर कमांडर की तरह ऑर्डर करती रहती हो–दो पैग पियो और खाना खाओ।''
''जी...पाँच पैग पी चुके हैं आप।''

रंजीत उठकर बैठ गया।

''पाँच...? रियली...?
''जी!''
''नहीं...सच्ची?''
''सच्ची...''
''तब तो कोई फ़र्क़ नहीं पड़ेगा। देखो, दो और छः में वाक़ई फ़र्क़ है। लेकिन पाँच और छः में क्या फ़र्क़ पड़ेगा...?''
''कुछ नहीं।''
''दे दो न, प्लीज़!''
''अच्छा, बाबा!''

पुष्पा शराब का गिलास बनाने लगी। उसी वक़्त दरवाज़े की घंटी बजी।

"इस वक़्त कौन आया?"
"अरे, वही होगा अपना सिविलसन साला प्रकाश। इसकी तो माँ..."

यह सुनकर पुष्पा थोड़ा-सा नाराज़ हुई :

"बड़े बेहूदा हो। कैसी गालियाँ बकते हो?"
"सोल्जर, माई डियर, सोल्जर... बग़ैर गाली के सिपाही अपना प्यार नहीं जता सकता।"
"इसका मतलब ये है कि तुम मुझसे बिल्कुल प्यार नहीं करते?"
"तुम्हारी तो माँ की..."

यह सुनकर पुष्पा पास पड़े तकिये से रंजीत को मारने लगी।

"छीः..."
"अरे पुष्पा...पुष्पा...मैं...मैं कह रहा था। मैं उनकी इज़्ज़त करता हूँ।"

[9]

अस्पताल में ग़शी की हालत में भी रंजीत बेचैन-सा हो गया। हाथ-पैर और जिस्म को हिलाने-डुलाने लगा। यह देखकर डॉक्टर चौधरी रंजीत को इंजेक्शन देने लगे। डॉक्टर कैलाश ने कहा :

"दिस इज़ थर्ड...तीसरा इंजेक्शन दिया गया है डॉक्टर!"
"कोई हरज नहीं...राधा, होल्ड हिम..."

नर्स राधा को रंजीत के चेहरे को अपने हाथों से पकड़ने में मुश्किल हो रहा था, क्योंकि मरीज़ बहुत बेचैन था। किसी तरह मुश्किल से राधा ने रंजीत के चेहरे को पकड़े रखा। डॉक्टर चौधरी ने मरीज़ की नाक में लगे ख़ून को देखकर पूछा :

''वाई दिस स्पॉट ऑफ़ ब्लड देयर इन दी नोज़?''

रंजीत दोबारा बेहोश हो गया। राधा ने जवाब दिया :

''सिर्फ़ लोकल इंजरी है डॉक्टर, नाक में लग गई थी।''

डॉक्टर चौधरी हाथ धोने के लिए पास के वाशबेसिन पर आए और डॉक्टर कैलाश उनका हाथ धुलाने लगे। हाथ धोते-धोते डॉक्टर चौधरी कर्नल बख़्शी को बता रहे थे :

''ऑपरेशन ख़तरनाक था कर्नल, लेकिन आफ़्टर इफ़ेक्ट उससे भी ज़्यादा ख़तरनाक लग रहे हैं।''

पास पड़े तौलिये से डॉक्टर चौधरी ने अपना हाथ पोंछते हुए कहा :

''देयर इज़ इंजरी इन दी ब्रेन। ब्रेन में ब्लड कलाट हो गया है।''

यह सुनकर कर्नल बख़्शी उनके क़रीब आए और पूछा :

“इसका नतीजा क्या होता है डॉक्टर?”
“मौत...! नाइन्टी नाइन पर्सेंट...”
“और एक पर्सेंट?”
“पागलपन या...पैरालाइसिज़।”

यह सुनकर सबने बेड पर पड़े मेजर रंजीत को देखा।

[10]

डॉक्टर चौधरी कर्नल बख़्शी के साथ दूसरे कमरे में चले गए। डॉक्टर चौधरी ने अपने पॉकेट से सिगरेट निकाली और जलाने लगे।

“देख लिया कर्नल?”
“यू नो डॉक्टर चौधरी...ही इज़ ओवर बेस्ट सोल्जर। वीरचक्र मिल चुका है इसे, शायद आप जानते होंगे।”

कर्नल बख़्शी ने कुछ याद करते हुए कहा :

“इस अकेले सिपाही ने हमारे ख़र्दाली की चौकी बचाई थी। दुश्मन का तक़रीबन एक सौ पचास सिपाहियों का दस्ता था, जिसने अचानक हमला कर दिया था। हमारे थोड़े-से कुछ सिपाही थे रंजीत के साथ, जो लड़ते हुए मारे गए। इसने अकेले उस वक़्त तक चौकी को बचाए रखा जब तक हमारी और कुमक नहीं पहुँच गई।”

कुछ सोचकर डॉक्टर चौधरी कहने लगे :

''जंग में काफ़ी लोगों को मारा होगा इसने, है न? क्या अजब नहीं कर्नल, इतने लोगों को मार के मैडल मिला उसे, और दो को मारकर सज़ा-ए-मौत...!''

यह कहकर डॉक्टर चौधरी तेज़ी से लिफ़्ट की तरफ़ बढ़ गए। उसी वक़्त तेज़ी से भागती हुई नर्स आई और लिफ़्ट के पास खड़ी होकर नीचे जाते हुए डॉक्टर को ज़ोर-ज़ोर से आवाज़ देने लगी :

''डॉक्टर...डॉक्टर चौधरी!''

लिफ़्ट दोबारा ऊपर आई तो डॉक्टर चौधरी को देखकर नर्स ने कहा :

''डॉक्टर, वो flad (Sink) हो रहा है। दिल की धड़कन बिलकुल बन्द हो रही है। बहुत-बहुत ब्लड निकल रहा है ट्यूब में से।''

डॉक्टर तेज़ी से नर्स के साथ उस कमरे की तरफ़ भागे। कर्नल बख़्शी वहाँ खड़े रह गए। मेजर रंजीत का चेहरा आँखों के सामने से घूम गया।

[11]

[फ़्लैश बैक]

मेजर रंजीत अपने दूसरे सिपाहियों के साथ मैदान में सुबह की परेड कर रहा था। कर्नल बख़्शी

जो इसे परेड करते हुए देख रहे थे, उन्हें गाने की आवाज़ आई। और उन्होंने सिपाहियों को रुक जाने का हुक्म दिया।

''स्काट, थम...स्काट, दायें मुड़! मेजर रंजीत...''

मेजर रंजीत को कर्नल ने अपने पास बुलाया और डाँटकर पूछा :

''गाने की आवाज़ कहाँ से आ रही थी?''
''जी...!''
''गाने की आवाज़ कहाँ से आ रही थी? कम ऑन, कम ऑन...आउट विद इट। कहाँ है रेडियो..?''
''रेडियो नहीं सर, टेप रिकॉर्डर, टेप रिकॉर्डर...''

मेजर रंजीत ने अपनी ड्रेस से एक छोटा-सा टेप रिकॉर्डर निकालकर कर्नल को दिया।

''स्काट डबल मार्च करेगा और तुम स्काट के डबल चक्कर लगाओगे...''

रंजीत से कहकर दूसरे सिपाहियों को हुक्म दिया :

''स्काट, दायें मुड़! बायें से तेज़ चल!''

[12]

कर्नल बख़्शी बैरेक्स में अपने कमरे में बैठे हुए थे। उनके पास मेजर रंजीत आया। अपना टेप रिकॉर्डर माँगने के लिए।

‘‘मे आई कम इन सर?’’

‘‘कम इन! रंजीत, क्या चाहिए? रेडियो?’’

‘‘रेडियो नहीं सर, टेप रिकॉर्डर।’’

‘‘यस, यस, सेम थिंग। किसका है वो?’’

‘‘मेरा है सर! सर, वो क्या है कि आपका ट्रेनिंग कोर्स इतना हैवी है...’’

कुछ सोचकर कहा :

‘‘मुश्किल नहीं सर, लेकिन चिट्ठी लिखने का वक़्त नहीं मिलता। इसलिए लेटर टेप करके भेजता हूँ। और वाइफ़ भी वैसे ही लेटर टेप करके भेजती है।’’

‘‘मतलब ये कि तुम्हें चिट्ठी पढ़ने का...’’

‘‘नहीं-नहीं, सर...सुनने का...’’

‘‘हाँ, सुनने का वक़्त नहीं मिलता, इसलिए ये रेडियो...यानी टेप रिकॉर्डर परेड पर साथ लेके जाते हो?’’

‘‘सर, वो क्या था कि आज सुबह ही पोस्ट आया था न, इसलिए...’’

‘‘तुम्हारी वाइफ़ आजकल गाने में चिट्ठी लिखती है? लता मंगेशकर हो गई है क्या...?’’

‘‘नहीं सर...वो पुष्पा, क्या है न...आजकल बहुत अच्छा गाने लगी है। इससे पहले जो टेप आई थी न, उसमें दो दूनी चार के गाने गाए थे। मैं आपको वो टेप दूँगा। सर, आप सुनके देखिएगा।’’

‘‘शटअप!’’

‘‘यस सर!’’

‘‘इस बार ले जाओ लेकिन आइंदा इसे परेड पर लेके आये तो, आई विल पनिश यू...’’

''यस सर! थैंक्यू सर!''
''जाओ।''

[13]

बैरेक्स में मेजर रंजीत अपने बिस्तर पर लेटा हुआ वही टेप सुन रहा था, जिसमें उसकी पत्नी ने गाना गाकर भेजा हुआ था, जिसके बोल कुछ इस तरह से थे :

'सुन मेरे साथी रे, तेरे गले माला बन के पड़ी मुस्काती रे, सुन मेरे साथी रे...'

रंजीत के दोस्त ने आकर टेप बन्द कर दिया।

''ओय छोटू, ये बन्द क्यों किया?''
''सुबह से पाँच सौ बार ये गाना सुनके बोर कर दिया तूने।''
''बोर? ये मेरी वाइफ़ का फ़ेवरेट गाना है, मालूम है?''
''इतना ही फ़ेवरिट है तो ओरिजनल सुन न जाके।''
''अरे, अरे...जब तक मेरी वाइफ़ कोई गाना नहीं गा लेती न, तब तक कोई गाना ओरिजनल नहीं होता, समझे? चल, जाके अपनी जासूसी किताबें पढ़। तेरी तो मैं...''

यह सुनकर दोस्त ने ग़ुस्से से कहा :

''शटअप, यार, शटअप! हर वक़्त पंजाबी में गाली देता रहता है।''

यह कहकर छोटू वहाँ से चला गया। मेजर रंजीत फिर से वही गाना सुनने लगा।

[14]

मेजर रंजीत बैरेक्स में बैठा हुआ शेव कर रहा था, और साथ-साथ अपनी पत्नी के लिए चिट्ठी भी टेप कर रहा था :

'अरे डार्लिंग, जानती हो, आज क्या हुआ?... कर्नल साहब ने टेप रिकॉर्डर कॉफ़ी सेक्ट कर लिया था। बड़ी मुश्किल से दिया उस साले ने वापस। अरे डार्लिंग, गाली निकल गई मुझसे... तुम लड़कियों के मज़े हैं डार्लिंग—न मूँछ, न दाढ़ी। शेव का झंझट ही नहीं। यहाँ तो रोज़ शेव करनी पड़ती है। सुबह भी, शाम भी। मेरा बस चलता तो सरदारों की तरह दाढ़ी रख लेता या तो रबिंदर नाथ टाइगोर की तरह हो गया होता।'

पीछे से उसके दोस्त ने कहा :

''अबे रंजीत, चल, जल्दी शेव करके...''

''अबे भुतनी के! साले ख़्वाहमख़्वाह ही मुँह से गाली निकलवा रहा है। मैं अपनी बीवी को लेटर टेप कर रहा हूँ।''

[15]

पुष्पा रंजीत का भेजा हुआ टेप सुन रही थी, और साथ ही साथ हँस भी रही थी।

[16]

रंजीत मिलिटरी की ट्रेनिंग करते हुए पत्नी की काग़ज़ पर लिखी चिट्ठी भी साथ-साथ पढ़ता जा रहा था :

'कैसेट रिकॉर्ड करने में और सुनने में बहुत वक़्त लगता है। इसलिए जल्दी में चिट्ठी लिख रही हूँ सदनापुर से। मौसी की चिट्ठी आई है। तुम्हारी फ़ोटो मँगवाई है, और देखो, कितनी मासूम है मौसी! लिखती है कि नीचे अंगूठा लगाकर भेजना, ताकि पहचान लूँ, मेरे रंजीत का ही फ़ोटो है।'

क्रोलिंग करता हुआ रंजीत चिट्ठी भी पढ़ता हुआ जा रहा था, कि उसके सामने दो पैर आकर खड़े हो गए। रंजीत घबराकर खड़ा हो गया। कर्नल बख़्शी ने पूछा :

"राइफ़ल उठाओ, ये क्या है?"
"चिट्ठी है सर!"
"पुष्पा को?"
"यस सर!"

‘‘शटअप! कोर्स बहुत हैवी है न, इसलिए तुम्हें चिट्‌ठी सुनने का मतलब पढ़ने का वक़्त नहीं मिलता। और शेव करने का भी टाइम नहीं मिलता है। हूँ...आओ मेरे साथ।’’

कर्नल बख़्शी रंजीत को साथ लेकर सामने की झील के किनारे गए और उससे कहने लगे :

‘‘अगर तुम अब भी बाज़ न आए तो तुम्हारी पुष्पा से मँगनी तुड़वानी पड़ेगी।’’

‘‘आई एम वेरी सॉरी सर!’’

‘‘आई एम गिविंग वेरी लाइट वर्क!’’

‘‘थैंक्यू सर!’’

‘‘यहाँ जितने कंकर-पत्थर पड़े हुए हैं, उन्हें उठा-कर पानी में फेंको।’’

‘‘वाट सर?’’

‘‘यहाँ जितने कंकर-पत्थर पड़े हुए हैं, उन्हें उठा-कर पानी में फेंको।’’

‘‘यस सर!’’

‘‘और मेरे लौट आने तक यहाँ एक भी पत्थर नज़र नहीं आना चाहिए।’’

‘‘यस सर!’’

‘‘इट्‌स ए वेरी लाइट वर्क इज़ इट, नहीं?’’

‘‘यस सर!’’

‘‘खड़े क्या हो, फेंको!’’

‘‘यस सर!’’

रंजीत वहाँ पड़े पत्थरों को उठा-उठाकर झील में फेंकने लगा।

[17]

कर्नल बख़्शी और डॉक्टर चौधरी बैठे हुए थे। कर्नल बख़्शी रंजीत ही की बातें कर रहे थे :

''उसको रोज़ सज़ा दिया करता था मैं, लेकिन उसकी मिसाल भी दिया करता था लोगों को। वो हर पल, हर लम्हा ज़िन्दा था डॉक्टर! छलकता रहता था डॉक्टर...यह इतना मासूम है लेकिन बदक़िस्मती देखिए, जो कुछ इसने दुश्मनों के लिए सीखा था, वो उसे अपने सबसे अज़ीज़ लोगों पर इस्तेमाल करना पड़ा–अपनी बीवी और सबसे अज़ीज़ दोस्त...इस बार जब ख़र्दाली की चौकी बचाने पर उसे मैडल मिला, वीरचक्र, तो उसे वो पुष्पा को दिखाने के लिए घर जा रहा था। जाते हुए वो महू आया। मुझसे मिलने। मैडल मुझे दिखाने।''

[18]

[फ़्लैश बैक]

लॉन में कर्नल बख़्शी बैठे थे। पास ही में रंजीत भी था जो अपना मैडल दिखा रहा था।

''कांग्रेचुलेशन (congratulation)!''
''थैंक्यू!''

''हाउ इज़ योर आर्म?''

''फ़र्स्ट क्लास। इट इज़ टोटली फ़िट। आई थिंक, आई कैन फ़ाइट एन अदर वार!''

''गुड, दैट्स लाइक माई सोल्जर ! ये लो...''

कर्नल ने मैडल वापस किया।

''पुष्पा इसे देखकर बहुत ख़ुश होगी?''

''वाई नॉट! उसे अपने शौहर पर फ़ख़्र है, मुझे अपने सिपाही पे...''

घर का नौकर दो बियर की बोतल रखके गया। कर्नल बख़्शी ने कहा :

''कम ऑन, हैव अ बियर...''

''नो सर! थैक्यू, मैं नहीं पीता।''

''अरे भाई, कम-से-कम संडे के दिन तो बियर पी लिया करो। बाक़ी हफ़्ते के छः दिन तो व्हिस्की पीते ही हो।''

''नहीं सर, सच में नहीं पीता। बिल्कुल नहीं पीता।''

''डोंट टेल मी। पुष्पा मुझे सब कुछ बता चुकी है।''

''पुष्पा यहाँ आई थी?''

''नहीं, उसने मुझे लिखा था। और तुम्हारी शिकायत भी कर रही थी। तुम आजकल बहुत पीने लग गये हो।''

''पुष्पा...आई टेल यू...बहुत चुग़लख़ोर है सर!''

''देखो, इस वक़्त मैं तुम्हारा सर नहीं, ससुर हूँ!''

[19]

डॉक्टर चौधरी ने चौंककर कर्नल की तरफ़ देखा। यह जानकर कि मेजर रंजीत की बीवी पुष्पा कर्नल बख़्शी की बेटी थी।

''पुष्पा आपकी बेटी थी?''

''हाँ, डॉक्टर, मेरी इकलौती बेटी थी पुष्पा।''

''आई एम सॉरी कर्नल! मुझे बहुत अफ़सोस है... आपकी बेटी की...''

''मुझे अपने सिपाही के लिए बहुत अफ़सोस है डॉक्टर! मैं उसे बचाना चाहता हूँ। मैंने उसके लिए हाई कोर्ट में अपील भी की है। मैं उसे किसी भी तरह बचाना चाहता हूँ–किसी भी तरह। किसी भी क़ीमत पर भी बचाना चाहता हूँ डॉक्टर!''

डॉक्टर चौधरी का सिर झुक गया।

[20]

रात का वक़्त था। कॉरिडोर से एक नर्स जा रही थी। रंजीत कमरे में सोया पड़ा हुआ था, और वहीं पास में ही राधा बैठी किताब पढ़ रही थी। रंजीत का एक हाथ बेड से अलग हो गया। नर्स ने उठकर उसका हाथ सीधा किया और कुर्सी पर जा बैठी। रंजीत ने आँखें खोलकर खिड़की की तरफ़ देखा, और फिर बैठी हुई नर्स की तरफ़। उसे कुछ याद आने लगा!

[21]

[फ़्लैश बैक]

एक ट्रेन जा रही थी जिसके एक कम्पार्टमेंट में रंजीत अपनी सीट पर लेटा हुआ था। दूसरी सीट पर बैठी एक पाँच या छः साल की लड़की अपने होंठों पर लिपस्टिक लगा रही थी। यह देखकर रंजीत मुस्कराया। उस छोटी बच्ची ने उसको आँख मारी। तभी उस बच्ची की माँ जाग गई।

''क्यों लिपस्टिक खा रही है? चलो, सो जाओ, चलो...''

यह सुनकर रंजीत को कुछ याद आया।

[22]

रंजीत बाथरूम से नहाकर कमरे में आया। पुष्पा तैयार हो रही थी। रंजीत ने कंघी लेते हुए कहा :

''डार्लिंग, तुम तो तैयार हो गईं।''

रंजीत किसी फ़िल्मी धुन पर सीटी बजा रहा था, जिसको सुनकर पुष्पा बोली :

''क्या आर. डी. बर्मन का सुर लगाए हो! जल्दी करो न! बहुत देर लगा दी तुमने...''
''यस डार्लिंग!''

कंघी करते हुए रंजीत के बालों का पानी पुष्पा पर आ गिरा।

“अरे, मेरे ऊपर पानी आ रहा है!”

पुष्पा लिपस्टिक निकालकर अपने होंठों पर लगा रही थी। रंजीत ने उसके गले में हाथ डालकर बोला :

“डार्लिंग, अगर तुम्हारे पेट का ऑपरेशन किया जाए न, तो उसमें से कम-से-कम दस किलो लिपस्टिक निकलेगी।”

पुष्पा ने मुस्कराकर झट से कहा :

“और तुम्हारे पेट में कम-से-कम पाँच किलो निकलेगी।”
“हुँः...मेरे पेट में से क्यों?”
“बिल्कुल टयूब लाइट हो...”
“ओह...अब वो क्या है?”
“जैसा तुम देर से समझते हो, वो भी ज़रा देर से जलती है।”
“ओहो...जोक...जोक...”

रंजीत ने अलमारी से अपनी मिलिटरी की ड्रेस निकाली। यह देखकर पुष्पा उसके क़रीब आई और बोली :

“अरे, ये किया? पिक्चर जाने के लिए यूनिफ़ार्म पहनने की क्या ज़रूरत है? छोड़ो, छोड़ो न!”
“उहुँ...पुष्पा डार्लिंग, तुम समझतीं नहीं, अगर मैं यूनिफ़ार्म पहन के जाऊँ न, तो लोग कहेंगे, मेजर रंजीत आए हैं पिक्चर देखने। और अगर बुश्शर्ट- पैंट पहन के जाऊँगा तो लोग कहेंगे, रंजीत आया है पिक्चर देखने। कितना फ़र्क़ पड़ता है, ज़रा सोचो!”

''उहुं...''

''यूनिफ़ार्म पहनने से ज़रा रौब बढ़ता है।''

''अच्छा! तो ऐसा करूँ, मैं भी बन्दूक़ उठा लेती हूँ और भी रौब बढ़ेगा।''

यह सोचता हुआ रंजीत ट्रेन के डिब्बे में ज़ोर से हँस पड़ा। ऊपर सीट पर सोया हुआ आदमी हँसी सुनकर नीचे गिर पड़ा। एक और मुसाफ़िर भी जाग पड़ा। उसने मना किया :

''चुप...चुप...चुप...''

लेकिन रंजीत की हँसी नहीं रुक सकी। वह और ज़ोर से हँसे जा रहा था।

[23]

रंजीत छुट्टी में अपने घर आया था। जब घर पहुँचा तो पुष्पा नहीं थी। घर की नौकरानी ने उसे देखकर प्रणाम किया :

''नमस्ते!''

''नमस्ते। मेम साहब कहाँ हैं?''

एक पल को नौकरानी चुप रही। रंजीत ने आवाज़ लगाई :

''पुष्पा!''

''वो घर पर नहीं हैं साहब! बाहर गई हुई हैं।''

''कहाँ? आँटी के यहाँ?''

''नहीं...नहीं, प्रकाश साहब के साथ बाहर गई हैं। वो...इस...फ़िसी...वो...''

''कहाँ शॉपिंग के लिए?''

''वो च...च...मछली पकड़ने के लिए।''

''ओह, फ़िशिंग के लिए?''

''हाँ-हाँ, वहीं फ़िशिंग के लिए...''

''अच्छा-अच्छा, ठीक है। मैं वहीं मिलूँगा।''

रंजीत ने अपने हाथ का सूटकेस वहीं रखा और इनाम में मिला मैडल लेकर चल दिया।

''साहब, चाय नहीं पिएँगे?''

''नहीं, मैं वहीं पी लूँगा। सिविलियन के साथ।''

रंजीत यह कहता हुआ ख़ुशी से बाहर चला गया।

[24]

रंजीत भागता हुआ तेज़ी से झील के किनारे पहुँचा। उसकी पत्नी उसके दोस्त प्रकाश के साथ थी। प्रकाश उसे अपनी आग़ोश में लिये हुए था। यह देखकर रंजीत के होश-हवास उड़ गए। उसकी आँखों में अँधेरा छा गया। वह जल्दी से पेड़ के पीछे छुप गया और उनकी बातें सुनने लगा।

''उहुँ, कोई देख लेगा तो...?''

''देख ले...जो मुझे जानता है इस कलब में, समझेगा, मेरी बीवी है।''

''अच्छा!''

''और जो तुम्हें जानता है, समझेगा, मेरा ही नाम रंजीत है।''

''और जो दोनों को जानता हो तो?''

''समझेगा, हम दोनों मियाँ-बीवी हैं।''

''जिसने रंजीत को देखा हो तो?''

''तो...तो समझेगा, दोनों फ़्लर्ट कर रहे हैं और क्या?''

''बड़े बेशर्म हो!''

दोनों पास के बोट हाउस में चले गए।

''अरे, मैं चढ़ूँगी कैसे?''

''ओह, डोंट वरी स्विट हार्ट।''

प्रकाश ने गोद में उठाकर बोट में बिठाया। पुष्पा घबराकर चिल्लाई :

''आं...नहीं-नहीं, मैं गिर जाऊँगी!''

''डोंट वरी!''

''अरे बाप रे!''

रंजीत दूर से इनको देखता रहा। प्रकाश ने अन्दर जाकर दरवाज़े को बन्द कर लिया। यह देखकर रंजीत के जिस्म में एक शोला भड़क उठा और आसमान घूमने लगा।

[25]

[फ़्लैश बैक]

रंजीत लड़ाई के मैदान में दुश्मनों से लड़ रहा था। उसके सारे साथी मारे जा चुके थे। वह अकेला दुश्मनों से लड़ रहा था। चारों तरफ़ से अपने-आपको घिरा हुआ देखकर एक पल को डर गया। लेकिन वह बहादुरी के साथ दुश्मनों से लड़ने लगा। कभी गोलियों की बौछार करता, कभी उनपर हैंड ग्रेनेड फेंकता। इस तरह घंटों वह दुश्मनों से लड़ता रहा। एक-एक करके सभी दुश्मनों को ख़त्म कर दिया। आख़िर जीत उसकी हुई, उसके देश की हुई, चौकी पर फिर से तिरंगा लहरा दिया। उसी वक़्त एक अधमरे दुश्मन ने उसपर गोली चलाई जो उसके बाज़ू को चीरती हुई निकल गई। रंजीत बाल-बाल बच गया, दूसरे पल ही रंजीत ने अपनी राइफ़ल का मुँह दुश्मन की तरफ़ कर दिया, और दुश्मन के चिथड़े उड़ा दिये।

[26]

रंजीत अपने घर में उदास बैठा कुछ सोचता हुआ सिगरेट पी रहा था। फिर वह उठकर खिड़की के पास गया। नीचे झुककर देखा

तो पुष्पा प्रकाश की गाड़ी से उतरकर अपने घर की तरफ़ आ रही थी। रंजीत के चेहरे पर एक ख़ामोशी थी।

पुष्पा घर का दरवाज़ा खोलकर अन्दर आई। अन्दर आते ही उसने पास पड़े रंजीत के सूटकेस को देखा। एक पल को वह घबरा गई। उसी वक़्त रंजीत उसके सामने आकर खड़ा हो गया।

"तु...तु...तुम!"

"आर यू सरप्राइज़्ड?"

"ऑफ़कोर्स...हैरान नहीं होऊँगी? कोई ख़बर नहीं, कुछ नहीं, अचानक चले आए!"

रंजीत सब कुछ जानते हुए भी ख़ामोश था। कुछ सोचते हुए बिस्तर पर बैठकर सिगरेट निकाली। पुष्पा ने सिगरेट लेते हुए कहा :

"कितनी सिगरेट पीने लगे हो! एशट्रे देखो, भरी पड़ी है।"

भरी हुई आँखों से रंजीत ने जवाब दिया :

"क्या करता? अकेला दोपहर से तुम्हारा इन्तज़ार कर रहा हूँ।"

"नाराज़ हो गए? मुझे क्या मालूम था, तुम आ रहे हो!"

"कहाँ चली गई थीं?"

"प्रकाश के साथ। उसके बोट हाउस पे फ़िशिंग के लिए...कपड़े क्यों नहीं बदले? रौब दिखाने के लिए बैठे हो यूनिफ़ार्म में–आं...?"

पुष्पा उठकर अलमारी के पास आई और उसके कपड़े निकालने लगी और वहीं से पूछा :

''किस वक़्त पहुँचे? छुट्टी पर आए हो?''
''हाँ, दो दिन की छुट्टी थी, इसलिए चला आया।''

पुष्पा कपड़े खोलकर देने लगी। उसमें से प्रकाश की .फ़ोटो गिर पड़ी बिस्तर पर, जिसे रंजीत ने भी देखा और पुष्पा ने भी। पुष्पा बोल पड़ी :

''तुम्हारे कपड़ों में पड़ी थी। तुम कपड़े बदल लो। मैं चाय बना लेती हूँ।''

यह कहकर पुष्पा चाय बनाने के लिए किचन की तरफ़ चली गई। रंजीत ने बिस्तर पर पड़ी प्रकाश की .फ़ोटो उठाई, उसको ध्यान से देखने लगा। .फ़ोटो लिये हुए वह खिड़की के पास गया और .फ़ोटो टुकड़ों में फाड़कर खिड़की से बाहर फेंक दी।

[27]

रात का वक़्त था। पुष्पा तो सो रही थी, लेकिन रंजीत की आँखों में नींद नहीं थी। पुष्पा को भी महसूस हुआ कि रंजीत जाग रहा है तो उसने बत्ती जलाकर पूछा :

''क्या हुआ, सोए नहीं...''

रंजीत ने अपने हाथ में लिया हुआ मैडल पुष्पा के सामने किया।

"पुष्पा, इसे देख रही हो...ये मैडल मुझे हान्ट कर रहा है। जैसे मैंने एक-एक को ताक-ताक के मारा था, मुझे डर लगने लगा है।"
"लाओ, छोड़ो इसे। बॉक्स दो...!"

पुष्पा ने उसके हाथ से वह मैडल ले लिया और बॉक्स में डालकर एक किनारे रख दिया।

"सो जाओ!"

पुष्पा ने बत्ती बुझा दी और रंजीत को पकड़-कर लिटा दिया। रंजीत ने फिर पूछा :

"पुष्पा..."
"हूँ...?"
"यह मैडल प्रकाश ने देखा नहीं न..."

यह कहकर रंजीत ने सामने दीवार पर टँगी हुई बर्छी को ग़ौर से देखा।

[28]

मेजर रंजीत और प्रकाश बोट हाउस में थे। रंजीत प्रकाश के पीछे खड़ा हुआ सिगरेट पी रहा था और प्रकाश फ़िशिंग रॉड से मछली पकड़ रहा था और बता रहा था :

"फ़ॉर सम टाइम आई फेल्ट वेरी लोनली रंजीत, वेन यू लेफ्ट लास्ट टाइम। आई कुडन्ट एडजस्ट माई डेज़, इवनिंग्स ईवन इफ़ आई मे से सो। देयर आफ़कोर्स आई गॉट लिसन ऑल योर टेप लेटर पुष्पा प्लेड इट वंस...!"

रंजीत उसकी बात सुनकर कुछ बोला नहीं। बस, चुप खड़ा था।

''क्या हुआ यार?...तू तो बहुत सीरियस हो गया? कुछ बात ही नहीं कर रहा! तेरी अबसेंट में पिक्चरें बहुत देखीं, 'डर्टी डज़न' देखी कुछ रोज़ पहले। उस दिन बहुत याद किया। पुष्पा भी साथ थी।''

रंजीत का हाथ चाक़ू के दस्ते पर गया और उसी वक़्त उसे याद आया मिलिटरी का वह वाक़या...प्रकाश ने वैसे ही अपनी बात जारी रखी थी :

''यू आर ग्रिलबेंट आउट यू क्राइम आउट दी पिक्चर दैन वी रेड आउट योर पिक्चर वल्बरी अबाउट दैट चौकी ऑर समथिंग आई टोल्ड पुष्पा...!''

मिलिटरी की ट्रेनिंग में किस तरह से दुश्मन को बोनेट नाइफ़ से मारा जाता है, रंजीत अपनी ट्रेनिंग की यादों में।

[29]

रंजीत अपनी मिलिटरी में बोनेट नाइफ़ से किस तरह दुश्मन को मारा जाता था, उसकी ट्रेनिंग कर रहा था। पास ही में कर्नल बख़्शी देख रहे थे।

''चेयर्ज़!''

''अटैक! बोनेट स्ट्रेट! काउन्ट वन टू थ्री।''

[30]

मेजर रंजीत ने प्रकाश की पीठ में उसी तरह चाक़ू मारा था जैसे उसने अपनी ट्रेनिंग में बोनेट नाइफ़ किलिंग सीखी थी। प्रकाश ख़ून से लथपथ वहीं पड़ा था। रंजीत ने ख़ून से सना हुआ वह चाक़ू वहीं झील में फ़ेंक दिया।

[31]

रात का वक़्त था। रंजीत की आँखों में नींद नहीं थी। वह अपने कमरे में इधर-उधर टहल रहा था। पुष्पा बिस्तर पर सो रही थी। रंजीत उसके क़रीब गया। उसके चेहरे को ध्यान से देखने लगा। उसका एक हाथ पुष्पा के चेहरे को छूता हुआ उसके गले के पास आया और रंजीत को अपनी ट्रेनिंग का वह तरीक़ा याद आया जिसमें दुश्मन को गले से पकड़कर जान से मारना पड़ता था।

[32]

कर्नल बख़्शी अपने नौजवान सिपहियों को सिखा रहे थे कि दुश्मन को किस तरह से मारा जाए। दीवार पर एक आदमी की गर्दन और सिर की तस्वीर बनी थी, जिसको दिखाते हुए कर्नल बख़्शी एक छड़ी से दिखा रहे थे :

''और यह नाक और मुँह से जुड़ती हुई फेफड़ों के बीच चली जाती है। ठीक इस जगह दबाने से दुश्मन साँस नहीं ले सकता, दुश्मन आवाज़ नहीं कर सकता, लेकिन इस साँस को उस वक़्त तक दबाए रखना चाहिए, जब तक...''

[33]

रंजीत ने उसी तरह पुष्पा का गला कस-कर दबाए रखा जिस तरह उसने अपनी ट्रेनिंग में सीखा था। रंजीत की आँखों में दुख था। अपनी पत्नी को मारने का। कुछ देर बाद मिलिटरी की पुलिस आई। रंजीत ने अपनी टोपी और बेल्ट निकाल-कर दिया और एक बार अपनी मरी हुई पुष्पा को देखा और फिर कमरे से सीधा निकल गया। घर की नौकरानी बाहर से रोते हुए अन्दर आई। रंजीत ने ख़ुद ही मिलिटरी पुलिस को बुलाया था और ख़ुद को क़ानून के हवाले कर दिया था।

अदालत में जज ने अपना फ़ैसला सुनाया, रंजीत वहीं कठघरे में खड़ा सब कुछ सुनता रहा।

''तमाम तहक़ीक़ात के बाद अदालत इस फ़ैसले पर पहुँची है कि मुजरिम रंजीत खन्ना, बिला शक-व-शुबा ख़ूनी है, और उसपर दो ख़ून करने का जुर्म साबित होता है। दफ़ा तीन सौ दो, इंडियन पैनल कोड के तहत अदालत उसपर सज़ा-ए-मौत का हुक्म सादिर करती है।''

रंजीत ने जज की तरफ़ देखा।

''ही इज़, टू बी हैंग बाई नेक, टिल ही डाइज़।''

[34]

रंजीत अस्पताल के बिस्तर पर पड़ा पुराने ख़याल में खोया हुआ था। उसी वक़्त डॉक्टर कैलाश वहाँ आया और रंजीत का हाथ पकड़कर उसकी नब्ज़ को देखने लगा।

''नींद नहीं आ रही? लोरी सुनाऊँ—नींद नहीं आ रही हो तो?''

रंजीत अब काफ़ी ठीक हो चुका था। उसकी दाढ़ी बढ़ चुकी थी और चेहरा शांत था।

[35]

डॉक्टर चौधरी और मिस्टर गुप्ता, दोनों अस्पताल के कॉरिडोर में जाते हुए आपस में बात कर रहे थे :

''मिस्टर गुप्ता, मैंने ऐसा कौन-सा कमाल कर दिया जिसके लिए आप मुझे कांग्रेचुलेट (congratulate) कर रहे हैं?''

''डॉक्टर साहब, आप भी हद करते हैं। अब भी आप कह रहे हैं, आपने कौन-सा कमाल किया...?''

''मैंने जो कुछ किया, मेरा प्रोफ़ेशन है। यू नो मिस्टर गुप्ता, आई एम स्पोज़्ड टू डू।''

''डॉक्टर साहब, आपने ये मेडिकल मैगज़ीन तो पढ़ी होगी? इनका कहना है कि मेडिकल में ऐसे चमत्कार बहुत कम मिलते हैं। दिल पर चार ऑपरेशन होने के बावजूद मरीज़ ज़िन्दा है और पूरी तरह से सेहतमंद हो रहा है। वाकई अचंभे की बात है।''

''इसमें चमत्कार मेरा है या मरीज़ का...?''

''चमत्कार तो आप ही का है। इसमें लिखा है, मेडिकल सोसाइटी ऑफ़ इंडिया इस बार आपका नाम 'पद्मश्री' के लिए पेश करेंगे।''

डॉक्टर चौधरी बोले :

''हूँ, उससे पहले इस मरीज़ को भी एक मैडल मिला था।''

[36]

मेजर रंजीत ने अस्पताल के बिस्तर पर ख़ामोशी से लेटे हुए सोचकर नर्स से पूछा :

‘‘राधा...मुझे कितने दिन हो गए यहाँ...?’’

नर्स ने सोचकर कहा :

‘‘आज इकतालीस दिन हुए।’’

उसी वक़्त एक सीटी की आवाज़ आई, जैसे कोई इशारे में किसी को बुला रहा था! यह सुनकर रंजीत ने राधा से पूछा :

‘‘चार बज गए...?’’
‘‘दवा ले लीजिए।’’

रंजीत ने राधा के हाथ से दवा ली और पीने लगा। नर्स के चेहरे पर एक शर्म थी, जैसे किसी ने उसका राज़ जान लिया था! रंजीत ने पूछा :

‘‘नाम किया है उसका?’’
‘‘अरुण!’’
‘‘उसे ऊपर क्यों नहीं बुला लेतीं...?’’
‘‘आज नहीं, फिर कभी बुलाऊँगी।’’

[37]

फिर खिड़की के बाहर से सीटी की आवाज़ आई। नर्स शरमाकर कमरे से निकल गई।

कुछ पल बाद डॉक्टर कैलाश कमरे में आया।

"हैलो रंजीत!"

"हैलो कैलाश!"

"हाउ आर यू?"

"आई एम फ़ाइन, थैंक्यू! क्यों, क्या बात है, आज ड्यूटी पर नहीं हो?"

"हाँ, आज की छुट्टी ली है। बीवी को लाने जा रहा हूँ।"

"कहाँ गई है?"

"अपनी मायके।"

कैलाश रंजीत के बिस्तर पर आकर बैठ गया और कहने लगा :

"बड़ी मुश्किल है यार, एक बार बीवी की आदत पड़ जाए तो उसके बग़ैर घर अच्छा ही नहीं लगता..."

यह सुनकर रंजीत को अपनी पत्नी का ख़याल आ गया।

"अस्पताल से जब घर जाता हूँ तो ऐसा लगता है, जैसे होटल में आ गया...नहीं?"

कुछ सोचकर रंजीत अपनी यादों से जुड़े हुए कहा :

"मुझे तो अब यही होटल भी लगता है, और तुम लोगों की वजह से घर भी। घर जाऊँ तो पता नहीं, क्या लगे..."

"आई एम सॉरी रंजीत, मुझे ये बात नहीं करनी चाहिए थी...रीयली सॉरी। मैं चलता हूँ।"

यह कहकर कैलाश चला गया और रंजीत कुछ सोचने लगा।

[38]

उसकी अपनी आवाज़ दिमाग़ पर दस्तक दे रही थी। कोर्ट में इजाज़त माँग रहा था, जज से।

'मैं एक बार अपने घर जाना चाहता हूँ। अपनी पत्नी के कमरे में जाकर उसकी आत्मा के लिए प्रार्थना करना चाहता हूँ। वो मुझे याद करती है जज साहब, कई दिनों से मुझे बुला रही है। अगर मैं उसे मिले बग़ैर चला गया तो उसकी आत्मा भटकती रहेगी—वहीं उस कमरे में। मुझे ऊपर भी नहीं मिलेगी जज साहब! सिर्फ़ इतना कर दीजिए।'

[39]

किसी बंद घर का दरवाज़ा खुला। घर के अन्दर पाँच-छः चिट्ठियाँ पड़ी थीं। रंजीत पुलिस इंस्पेक्टर के साथ घर में आया, जहाँ कभी अपनी पत्नी के साथ रहा करता था। चिट्ठियों को उठाकर रंजीत पढ़ने लगा। इंस्पेक्टर ने पूछा :

"किसकी चिट्ठी है?"

''मेरी मौसी की, जिसने मुझे पाला-पोसा और बड़ा किया।''

''कहाँ रहती हैं?''

''वो गंगा किनारे गाँव है न–सदनापुर, बस वहीं रहती है।''

''अगर मिलना चाहते हो तो पता दे दो। जेल में बुला देंगे।''

''नहीं इंस्पेक्टर! अच्छा है, गाँव में कोई ख़बर देने वाला नहीं। वो सुन लेगी तो शायद मुझसे पहले मर जाएगी।''

यह कहकर रंजीत अपने बेडरूम में गया। बेड के पास पुष्पा की बड़ी तस्वीर को देखा। इंस्पेक्टर ने खिड़की से झाँककर बाहर की तरफ़ देखा। कुछ सोचकर पास खड़े हवलदार से कहा :

''कुछ नहीं, प्रार्थना करेगा। चलो, बाहर चलें।''

जाने से पहले रंजीत से कहा :

''सुनो, दरवाज़ा मत बन्द करना। खुला रहने देना।''

रंजीत अपने बिस्तर पर पड़े तकिए को देखने लगा और सिसककर रो पड़ा। उसे तकिए के नीचे से मंगलसूत्र मिला। वह उसे ध्यान से देखने लगा और एक पुरानी बात याद आ गई।

[40]

[फ़्लैश बैक]

रंजीत पुष्पा के साथ बैठा बात कर रहा था—गोलियों की, लड़ाइयों की। कुछ सोचकर रंजीत ने पूछा :

''पुष्पा!''
''हूँ...?''
''अगर लड़ाई में मुझे गोली-वोली लग गई और मैं मर जाऊँ तो तुम...''
''शटअप!''
''अरे गोली लग गई और मैं मर जाऊँ तो...''

पुष्पा ने उसे ग़ुस्से से कहा :

''कहा न, चुप करो। घर पर भी गोली-बन्दूक़ की बातें करते रहते हो तुम।''
''अरे सोल्जर! माई डियर सोल्जर! सिपाही गोली-बन्दूक़ की बात नहीं करेगा तो किया गँडेरी-मूँगफली की बात करेगा...?''
''उहुँ...''
''मैं तो बस यूँही बात कर रहा था। अगर मुझे गोली लग गई और मैं मर जाऊँ तो तुम...''

पुष्पा ने बात काटी :

''अगर मैं मर जाऊँ तो...?''
''तो... तो मैं तुम्हें जला दूँगा।''
''मुझे नहीं जलना। मुझे आग से डर लगता है।''
''अरे मरने के बाद डरना कैसा? कोई पता थोड़े ही चलता है!''

‘‘नहीं-नहीं, देखो, अगर मैं मर गई तो मुझे जलाना नहीं। दफ़न कर देना।’’

‘‘नहीं-नहीं, हिन्दुओं में ऐसा नहीं करते। हिन्दुओं में पहले जलाते हैं और जलाने के बाद अस्थी ले जाते हैं गंगा में बहाने के लिए।’’

‘‘नहीं-नहीं, मुझे नहीं जलाना, दफ़न कर देना, जैसे सिपाहियों को करते हो।’’

‘‘अरे गंगा में नहीं जाओगी तो कल्याण कैसे होगा?’’

‘‘एक काम करना। मेरा मंगलसूत्र है न, उसे जाकर बहा देना गंगा में।’’

[41]

रंजीत के हाथ में उसकी पत्नी का मंगलसूत्र था। रंजीत को पुष्पा की बातें सुनाई दे रही थीं। दूसरे कमरे में इंस्पेक्टर अपने दूसरे हवलदार से रंजीत के बारे में बातचीत कर रहा था। पास पड़े टेपरिकॉर्डर को चलाया तो उसमें पुष्पा की आवाज़ में रिकॉर्ड में वही गाना शुरू हो गया, जिसे रंजीत ट्रेनिंग में सुना करता था। हवलदार आपस में बात कर रहे थे :

‘‘अजीब आदमी है, ख़ुद बीवी का क़तल किया और ख़ुद ही पुलिस में ख़बर कर दी! और अब उसकी आत्मा की शांति के लिए प्रार्थना करना चाहता है।’’

‘‘क्या मालूम, क्या बात है!’’

''हाँ, लेकिन लगता है, अपनी बीवी को चाहता था। दस या पन्दरह मिनट हो गए हैं। बुला के ले आओ।''

''यस सर!''

हवलदार जब कमरे में आया तो देखा, वहाँ पर कोई नहीं था। घबराकर चिल्लाया :

''साहब, जल्दी आएँ साहब, वो भाग गया है।''

हवलदार खिड़की के पास गया, जहाँ से रंजीत परदे के सहारे नीचे उतर गया था।

''कहाँ भाग गया?''

''ये देखिए साहब...!''

इंस्पेक्टर ने ज़मीन पर पड़े रंजीत के जूते को देखकर हवलदार से पूछा :

''ये जूते किसके हैं?''

''उसी के हैं साहब!''

[42]

पुलिस ने रंजीत के भागने के बाद शहर के चारों तरफ़ नाकाबन्दी कर दी। पुलिस वाले हर मोटर-कार, बस की चैकिंग करने लगे। पुलिस की जीप इधर-उधर रंजीत की तलाश में भागने लगी। ट्रकों को रोक-रोक के उनकी तलाशी ली जाने लगी।

रात का वक़्त था, लेकिन तलाश जारी थी। रंजीत की कोई ख़बर नहीं मिली थी। पुलिस शहर में भी इधर-उधर तलाश कर रही थी। और हर बस और कार जो शहर के बाहर आ-जा रही थीं, उन्हें रोक-कर, अन्दर झाँक-झाँककर तलाशी ले रही थी।

[43]

सुबह का वक़्त था। एक जंगल के खँडहर में रंजीत नंगे पैर सोया था। उसके पास से एक साँप गुज़रा। सरसराहट से आँख खुल गई। साँप को देखकर वह डर गया। रंजीत नंगे पैर खँडहर से बाहर निकला। उसे नंगे पैर चलने में बड़ी मुश्किल हो रही थी। पास में एक जूता पड़ा मिला। उसे पहनने की कोशिश की लेकिन फ़िट नहीं हुआ। रंजीत वहाँ से चल पड़ा। आगे चलने के बाद रंजीत ने अपनी जेब में से एक चिट्ठी निकाली, और पढ़ने लगा। उसके आसपास मौसी की आवाज़ गूँजने लगी :

'रंजीत बेटे, साल-भर हो गया तुझे देखे हुए। बहुत दिनों से तेरी कोई चिट्ठी भी नहीं। बहू से कहना...'

चलते हुए एक पेड़ की डाली सिर से टकरा गई, और हाथ से लिफ़ाफ़ा वहीं गिर पड़ा, जिसका एहसास रंजीत को नहीं हुआ। एक

पल को आवाज़ का सिलसिला टूट गया। फिर दुबारा शुरू हो गया :

'बहू से कहना...मैं उसकी सगी सास तो नहीं, लेकिन कुछ दिन मेरे पास आकर रह जाए। जब तू गाँव आये तो फ़ौज की वर्दी पहनकर आना, ताकि गाँव वाले देखें कि कैसा लगता है मेरा बेटा। मुझको एक डर-सा लगा रहता है, कहीं तुझे देखे बग़ैर ही मेरी आँखें न बन्द हो जाएँ। तेरी सगी मौसी।'

मौसी की आवाज़ में खोया, कुछ दूर चलने के बाद रंजीत दूर से कुत्तों के भौंकने की आवाज़ पर एक पल को हड़बड़ा गया और समझ गया कि पुलिस वाले उसके क़रीब आ पहुँचे हैं।

पुलिस वाले खोजी कुत्तों के साथ जंगल में रंजीत की खोज कर रहे थे। एक हवलदार के पास रंजीत के जूते थे, जिसे सूँघकर कुत्ते रंजीत का पीछा कर रहे थे। जिधर रंजीत जाता, उसी सिम्त में कुत्ते भी पुलिस वालों के साथ भाग रहे थे।

रंजीत जंगल में भागता हुआ जा रहा था। कुत्ते भी पीछे-पीछे भाग रहे थे। रंजीत भागते-भागते काफ़ी थक चुका था। कुत्तों ने उस जूते को भी सूँघा जिसे कुछ देर पहले रंजीत पहनने की कोशिश कर रहा था। रंजीत तेज़ी से भागता चला जा रहा था। पुलिस कुत्तों के साथ उसका पीछा कर रही थी। एक जगह कुत्तों ने उस लिफ़ाफ़े को ढूँढ़ लिया

जो रंजीत से गिर पड़ा था। उसमें मौसी के घर का पता था। रंजीत भागता चला जा रहा था। उसके पैरों में छाले पड़ गए थे। उनसे हलका-हलका ख़ून रिस रहा था। रंजीत को यह महसूस हो गया था कि कुत्ते उसे ज़रूर पकड़ लेंगे। उसे याद आया कि कुत्ते से कैसे बचा जा सकता है। उसके दोस्त ने उसे बताया था।

[44]

हवलदार कुत्तों का बताया हुआ लिफ़ाफ़ा इंस्पेक्टर को दिखा रहा था, जो रंजीत के हाथ से गिर गया था।

‘‘देखिए साहब, ये लिफ़ाफ़ा...’’

‘‘अरे साहब, ये तो वही है–उसकी मौसी का! हमारे सामने घर पे पढ़ रहा था।’’

पुलिस वालों ने अन्दाज़ा लगाया कि रंजीत अपनी मौसी के घर जा सकता है।

‘‘मेरा ख़याल है, ये वहीं गया होगा। क्या नाम बताया था गाँव का...?’’

‘‘गाँव का नाम तो मुझे याद नहीं।’’

‘‘स्टैम्प देखो।’’

‘‘साहब, स्टैम्प भी फट गया।’’

‘‘इसका मतलब, अपना रास्ता ठीक है। इधर से ही गया होगा, चलो।’’

[45]

[फ़्लैश बैक]

रंजीत को बचने का तरीक़ा उसके दोस्त छोटू ने बताया था कि कैसे कुत्तों को चकमा दिया जा सकता था।

"रेड अबाउट डॉग सेंट हियर यू आर।"
"क्यों भाई, अब कुत्तों के बारे में पढ़ रहे हो?"
"अरे भाई, तुम्हारी ख़ुशबू सूँघते हुए अगर सिनीफ़र डॉग तुम्हारा पीछा कर रहे हों तो तुम उन्हें कैसे डॉज करोगे, पता है तुमको...?"
"कैसे...?"
"अरे, दो पेड़ों के बीच में फ़िगर ऑफ़ एट बनाओ।"
"फ़िगर ऑफ़ एट...?"

[46]

रंजीत ने कुत्तों को भटकाने के लिए एक पेड़ से दूसरे पेड़ का चक्कर लगाने लगा—आठ का अंक बनाते हुए, ताकि कुत्ते भटक जाएँ और उसका पीछा न कर सकें। रंजीत वहाँ से फिर भागा और एक जगह बैठकर अपनी क़मीज़ और बंडी को फाड़कर, पैरों में बाँध लिया, जिससे उसके पैर और छिलने से बच सकें।

[47]

पुलिस वाले कुत्तों के साथ उस जगह पहुँचे जहाँ रंजीत ने आठ बनाया था। कुत्ते वहीं गोल-गोल घूमने लगे। पुलिस वाले कुत्तों को घूमते देखकर समझ गए कि रंजीत ने अपनी मिलिटरी की कोई चाल चली है। एक हवलदार ने कहा :

''साहब, वो यहीं कहीं है। कुत्तों को जान-बूझकर भटका रहा है। फ़ौज में था न, वो सब कुछ जानता है।''

''मेरा भी यही ख़याल है। सिंघ, कुत्तों को लेकर आगे चलो।''

कुत्तों को लेकर हवलदार आगे बढ़े जंगल की तरफ़, जिधर उन्हें लगा था कि रंजीत गया होगा।

[48]

रंजीत पहाड़ी की चढ़ाई चढ़ने लगा। वहीं उसने अपने पैरों से क़मीज़ और बंडी निकाल दी, जिससे वह अपने पैरों को बाँधा हुआ था।

पुलिस वाले अपने कुत्तों के साथ उस जगह पहुँचे जहाँ पर रंजीत ने अपनी क़मीज़ और बंडी फेंकी थी। कुत्तों ने सूँघकर उसे पहचान लिया। हवलदार ने कहा :

''साहब, ये क़मीज़ उसी की तो नहीं है?''

रंजीत पहाड़ी पर चढ़ता ही जा रहा था। कुत्ते भी उसी सिम्त भागने लगे। हवलदार ने भी उसी सिम्त देखा।

''अरे, वो रहा! वो भाग रहा है साहब!''

इंस्पेक्टर ने ललकारा :

''रुक जाओ! अय, रुक जाओ...मैं कहता हूँ, रुक जाओ, नहीं तो गोली मार दूँगा। रुक जाओ, मैं कहता हूँ...रुक जाओ।''

रंजीत ने पुलिस वालों को क़रीब आता देखकर ज़ोर से चिल्लाकर कहा :

''तुम लोग यहाँ से चले जाओ, वरना गोली मार दूँगा। मेरे पास भी रिवॉल्वर है।''

रंजीत वहीं पहाड़ी के पीछे छुप गया। उसके हाथ में पुष्पा का मंगलसूत्र था। पुलिस वाले कुत्ते उसके पीछे छोड़ दिये। रंजीत फिर से छुपता हुआ ऊपर चढ़ने लगा। एक जगह जब वह खड़ा हुआ, हवलदार ने निशाना लगाकर गोली चला दी। रंजीत वहीं गिरने लगा। उसे पुष्पा के गाने की आवाज़ आ रही थी :

'सुन मेरे बंधु रे
सुन मेरे साथी रे
सुन मेरे बंधु रे...'

रंजीत पहाड़ी पर गोली की चोट से गिर पड़ा। पीठ से ख़ून की धार बह रही

थी। एक हाथ में मंगलसूत्र जिसे वह अपनी पत्नी की ख़्वाहिश के मुताबिक़ गंगा में विसर्जन करना चाहता था। उसने फिर हिम्मत की और नदी की तरफ़ बढ़ा। एक और गोली की आवाज़ गूँजी। उसके शरीर में इतनी हिम्मत नहीं थी कि वह एक क़दम और आगे बढ़ सके, और वहीं पथरीली ज़मीन पर बेहोश होकर गिर पड़ा।

[49]

रंजीत अस्पताल के वार्ड में राधा से बात कर रहा था :

''सच्ची, आप मज़ाक़ समझ रहे हैं। बिल्कुल टूथब्रश जैसे मूँछ थी...बिल्कुल यूँ। मैंने मुड़वा दी।''

''लेकिन उसे ऊपर क्यों नहीं लेके आतीं? अरे मैंने तुम्हें कल भी कहा था।''

''हाँ! अगर डॉक्टर चौधरी देख लेते तो छुट्टी...''

''अरे मेरा विज़िटर बना के ले आना। विज़िटर तो किसी भी मरीज़ का आ सकता है। देखो, अगर वो आ जाये तो उसे ऊपर ले आना...मुझे उससे कुछ कहना है।''

''क्या कहना है?''

''तुम्हें क्यों बताऊँ? मैं अरुण से कहूँगा।''

''अच्छा, तो आप मेरी शिकायत करेंगे?''

''जी हाँ!''

''अच्छा, दवा पी लो।''

‘‘अच्छा, देखो, लड़का मुझे पसन्द नहीं आया तो मैं उसे अपना जीजा नहीं बनाऊँगा?’’

यह सुनकर एक पल को नर्स के चेहरे पर चमक आ गई थी।

‘‘छोटी-सी प्यारी-सी बहन मिली है मुझको... किसी के भी हाथ थोड़े ही दे दूँगा।’’

उसी वक़्त बाहर से सीटी की आवाज़ गूँजी, जिसे रंजीत पहचानता था।

‘‘बड़ा पंक्चुअल है अरुण।’’
‘‘अच्छा, मैं...’’

उसी वक़्त डॉक्टर चौधरी रंजीत का हाल-चाल जानने आ पहुँचे। रंजीत अब पहले से बहुत अच्छा था।

‘‘हैलो रंजीत, कैसे हो? लूकिंग वैरी फ़्रेश! कितने दिनों बाद शेव की...दो महीने से ज़्यादा हो गए? राधा, ज़रा ब्लडप्रेशर चार्ट दो...’’

सीटी की आवाज़ फिर आई। रंजीत ने राधा को जाने के लिए बहाना बनाया :

‘‘डॉक्टर साहब...’’
‘‘हूँ...’’
‘‘बहुत दिनों से अख़बार नहीं पढ़ा। राधा से कह के मंगवा लूँ?’’
‘‘हाँ...इसमें पूछने की क्या बात है? राधा, जाओ, इनके लिए अख़बार लाओ ज़रा।’’

फिर से सीटी की आवाज़ आई। रंजीत ने कहा :

“इवनिंग न्यूज़...”
“हूँ, हाँ।”
“अब तक आ गया होगा।”
“हाँ-हाँ, वही, हाँ। वो अख़बार इवनिंग न्यूज़।”

राधा डॉक्टर के डर से अभी तक वहीं खड़ी थी। डॉक्टर ने चिढ़कर कहा :

“हाँ, बाबा...इवनिंग न्यूज, जाओ।”
“जी हाँ।”
“ये राधा, आई थिंक, शी इज़ बेस्ट नर्स इन माई हॉस्पिटल...दूसरी नर्सों को देखो तो रोमांस से फ़ुरसत ही नहीं उन्हें। शुक्र है, ये किसी के प्यार में नहीं पड़ी। अभी इसकी प्रोपर्टी इसके पास है।”
“प्रोपर्टी...?”
“दिल...जस्ट ए पम्पिंग ऑफ़ दी बॉडी यू हाउ मच ट्रबल इट क्रिएट्स!”
“ओहो...हाँ! यस, डॉक्टर, दिल ही तो है।”
“हूँ...सी मी योर आइस, गुड! कल सुबह पूरा चैकअप करेंगे, बाय!”
“बाय-बाय!”

डॉक्टर कमरे से बाहर गए। रंजीत ने कुछ सोचकर सीटी बजाई। उसकी सीटी के जवाब में एक और सीटी की आवाज़ आई। रंजीत ख़ुश हुआ। उसी वक़्त डॉक्टर कैलाश आया।

“हैलो रंजीत!”
“हैलो डॉक्टर!”
“डॉक्टर-वाक्टर नहीं यार, कैलाश बुलाया करो।

जिस तरह बुलाते हो। डॉक्टर बड़ा ऑफ़िशियल लगता है।''

''ओके कैलाश!''

कुछ देखकर डॉक्टर कैलाश ने पूछा :

''ये यहाँ कैसे पड़ा है? ये राधा कहाँ गई?''

''हाँ...राधा...मेरे लिए इवनिंग न्यूज़ लाने गई है।''

''ओह, आई जस्ट कैम टू इन्फोर्म यू। कल से तुम्हारा टोटल चैकअप शुरू होगा।''

''आई नो, डॉक्टर चौधरी विल बी हियर।''

''अच्छा-अच्छा, तो सुबह साढ़े दस बजे से शुरू होगा और दिन-भर तुम काफ़ी बिज़ी रहोगे। मैं समझता हूँ, ढाई-तीन बज जाएँगे।''

''ओके!''

''गुड लक!''

''थैंक्यू!''

राधा बाहर से हाथों में फूल लिये हुए आई और रंजीत से कहा :

''ये लीजिए—अरुण ने आपके लिए फूल भेजे हैं।''

''और फ्लावर वास भी..?''

''नहीं-नहीं, यह तो अस्पताल का है।''

''उसे लाई क्यों नहीं?''

''डॉक्टर साहब बैठे थे न, कैसे लाती? फूल अच्छे हैं न?''

''बहुत अच्छे !''

''कल से रोज़ लेकर आया करूँगी।''

''और मेरा अख़बार कब लाओगी?''

''अख़बार?''

''हाँ-हाँ, जो आज लाने गई थी, लाई नहीं? तुम्हारा इवनिंग न्यूज़!''

''हाँ...अच्छा-अच्छा, मैं कल ज़रूर लाऊँगी। हाँ-हाँ।''

राधा फूलों को गुलदान में सजाने लगी। रंजीत ने छुपकर वैसी ही सीटी बजाई, जैसी अरुण बजाया करता था। एक पल को राधा समझ नहीं पाई, फिर दोनों मिलकर ज़ोर से हँस पड़े।

[50]

रंजीत का ब्लडप्रेशर चैक किया जा रहा था। वज़न लिया जा रहा था। डॉक्टर चौधरी चैकअप के साथ-साथ फ़ाइल भी देख रहे थे, जो ओके था।

[51]

रंजीत कुर्सी पर बैठा पढ़ रहा था, जब राधा आई और पूछने लगी :

''ये क्या? आप तो सचमुच अख़बार पढ़ रहे हैं?''

''हाँ! डॉक्टर चौधरी ने भिजवा दिया था। लेकिन ये तो बासी है। ताज़ा अख़बार तो चार बजे आता है। इवनिंग न्यूज़!''

''हाँ! इवनिंग न्यूज़ का भी टाइम हो रहा है। बस, पाँच मिनट।''

''ठहरो, ठहरो, आज आने दो अरुण को। मैं बताऊँगा, उसका तुमने किया नाम रखा है।''

''हाँ...मैंने थोड़े ही, नाम तो आप ही ने रखा था–इवनिंग न्यूज़, हाँ...''

राधा दवाई लेकर रंजीत के पास आई। रंजीत ने कहा :

''राधा...''

''हूँ...''

''कितनी अजीब बात है!''

''क्या..?''

''लोगों के तो बारह बजते हैं, और तुम्हारे चार बजते हैं।''

यह सुनकर राधा ज़ोर से हँस पड़ी। रंजीत ने भी उसका साथ दिया। उसी वक़्त डॉक्टर चौधरी अन्दर आए। दोनों की हँसी रुक गई।

''हैलो...''

''हैलो डॉक्टर!''

''कैसे हो रंजीत?''

''आई एम फ़ाइन, थैंक्यू!''

एक पल को ख़ामोशी हुई।

''तबियत कैसी है?''

''ठीक है।''

कुछ सोचकर उदास मन से डॉक्टर चौधरी ने कहा :

''आई एम सॉरी रंजीत! आई हैव वेरी बैड जॉब टू गो थ्रू!''

घबरा के राधा ने डॉक्टर को देखा, रंजीत ने राधा को। डॉक्टर चौधरी ने किसी को आवाज़ दी :

''मिस्टर गुप्ता...''

दरवाज़े पर मिस्टर गुप्ता, जो पुलिस ऑफ़िसर थे, दो हवलदार के साथ अन्दर आए। रंजीत उनको देखकर बेचैन-सा हो गया।

''आप मिस्टर गुप्ता सुपरिंटेंडेंट ऑफ़ पुलिस... तुम्हें इनके साथ जेल वापस जाना होगा।''

यह सुनकर राधा एकदम बोल पड़ी :

''नो, नो डॉक्टर, नो...''

राधा के हाथ से दवा की शीशी गिर पड़ी। उसने नम आँखों से डॉक्टर चौधरी से कहा :

''आपने मौत से बचाया था इन्हें, डॉक्टर, फिर?... नो, डॉक्टर...नो...''

सभी ख़ामोश। कोई किसी से कुछ नहीं कह रहा था। डॉक्टर चौधरी ने ख़ामोशी को तोड़ा :

''कर्नल बख़्शी ने तुम्हारे लिए हाई कोर्ट में अपील की थी रंजीत, लेकिन...''
''वो अपील कर्नल बख़्शी ने की थी?''

''हाँ, लेकिन हमारी बदक़िस्मती, सज़ा वहाँ भी माफ़ नहीं हुई।

एक पल को फिर ख़ामोशी। रंजीत ने अपने गले को छूकर देखा और महसूस करने लगा, जैसे...

''सो मेरा वक़्त पूरा हो गया।''

मिस्टर गुप्ता दो क़दम आगे बढ़कर उसके क़रीब आए और कहा :

''आई एम सॉरी रंजीत, क़ानून तुम्हारी मदद नहीं कर सकता।''

ख़ामोशी में सीटी की आवाज़ सुनाई पड़ी। राधा और रंजीत ने उधर देखा।

''नहीं, नहीं...''

राधा रोते हुए नहीं-नहीं कहती रही। रंजीत उसके पास आया और कहने लगा :

''आज की ताज़ा ख़बर अच्छी नहीं आई न!''

रंजीत ने प्यार से राधा का माथा चूमा।

''इवनिंग न्यूज़ तक मेरा प्यार पहुँचा देना।''

फिर डॉक्टर चौधरी के पास आया और कहा :

''इट इज़ नॉट जस्ट पम्पिंग स्टेशन इन दी बॉडी।''

''हाँ, रंजीत, दिल ही तो है।''

फिर मिस्टर गुप्ता से चलने को कहा :

''चलिए!''

रंजीत पुलिस के साथ कमरे से निकला तो उसकी मुलाक़ात डॉक्टर कैलाश से हुई। दोनों ने एक दूसरे को देखा। एक पल को सभी रुक गए।

रंजीत फिर पुलिस के साथ चल पड़ा। कुछ दूर जाकर खड़ा हुआ डबडबाती आँखों से उसने राधा को देखा जो दीवार से लगी रो रही थी। डॉक्टर चौधरी उसे तसल्ली दे रहे थे।

[52]

रंजीत पुलिस के अस्पताल के बाहर निकला और पास खड़ी पुलिस वैन की तरफ़ जाने लगा। उसे महसूस हुआ, कोई दूर खड़ा उसे घूर रहा है। जब घूमकर देखा तो पाया कि ससुर कर्नल बख़्शी खड़े थे। रंजीत उनके क़रीब गया और उनकी आँखों में आँखें डालकर देखने लगा। दोनों की आँखें आँसुओं से भरी थीं। रंजीत ने आख़िरी सैल्यूट दिया। कर्नल बख़्शी ने उसे सैल्यूट का जवाब दिया। रंजीत घूमकर वैन में चढ़ गया। कर्नल बख़्शी आँसू पोंछते हुए वहाँ से चल दिये।

[53]

डॉक्टर चौधरी अपने कमरे में उदास-से बैठे थे। तभी एक और ज़ख़्मी अस्पताल में लाया गया, और डॉक्टर कैलाश राधा से कह रहा था :

''एक ज़ख़्मी मरीज़ अस्पताल लाया गया है... राधा, फ़ौरन ऑपरेशन थिएटर में ले जाओ, और तैयारी करो। मैं डॉक्टर को इन्फोर्म करता हूँ, ओके?''

डॉक्टर कैलाश डॉक्टर चौधरी के पास आया और उनसे कहने लगा :

''डॉक्टर, एक इमर्जेन्सी केस और आया है। प्रिजनर्स है।''

''प्रिजनर्स?''

''यस डॉक्टर! कोई जेल की दीवार फाँदकर भाग रहा था। पुलिस की गोली लग गई सिर पर...''

डॉक्टर चौधरी यह सुनकर बेचैन-से हो गए।

''ओह गॉड, ओह गॉड! नो, नो! हाउ लांग डॉक्टर...कब तक लड़ता रहूँगा मैं जीने-मरने की ज़िन्दगी से...?''

डॉक्टर चौधरी खड़े हो गए और खिड़की के पास आए।

''नो-नो, आई डोंट वांट टू बी ए डॉक्टर, मुझे प्रैक्टिस नहीं करनी है। मैं...मैं...''

डॉक्टर चौधरी कैलाश को ये सब कुछ कह रहे थे। फिर ग़ुस्से से चिल्ला पड़े, जैसे पूछ रहे हों किसी से :

''प्लीज़, गेट आउट!... क्यों, आख़िर क्यों बचाना चाहते हो उसे? फाँसी पे चढ़ाने के लिए?''

राधा डॉक्टर चौधरी के कमरे में आई।

''डॉक्टर, मरीज़ को एनेस्थेसिया दे दिया है। एंड एवरी थिंग इज़ रेडी फ़ोर दी ऑपरेशन।''

डॉक्टर चौधरी ने पूछा :

''ज़िन्दा है अभी?...साँस चल रही है?...जब तक साँस चलती है एक इंसान की, डॉक्टर का फ़र्ज़ है कि...''

डॉक्टर कैलाश ने डॉक्टर चौधरी के कन्धे पर धीरे से हाथ रखा, जैसे कुछ समझाना चाहता हो :

''आई नो, डॉक्टर, मैं अपने धर्म से मजबूर हूँ और क़ानून अपने धर्म से...''

[54]

डॉक्टर चौधरी अपने कमरे में बैठे थे। अचानक खड़े होते हुए उन्होंने डॉक्टर कैलाश से कहा :

''चलो, हम अपना ऑपरेशन करें और वो अपना ऑपरेशन करते रहें।''

इतना कहकर डॉक्टर चौधरी ऑपरेशन थिएटर की तरफ़ चल दिए। ऑपरेशन रूम की लाइट जल गई, और एक नया ऑपरेशन शुरू हो गया।

ख़त्म शुद

अचानक

कहानी : के.ए. अब्बास
साउंड : ईशा.एम. सूरतवाला
आर्ट डायरेक्टर : अजीत बनर्जी
चीफ़ असिस्टेन्ट : मेराज
एडीटिंग : वामन भोशले
गुरुदत्त
कैमरा : के. बैकुंठ
संगीत : वसन्त देसाई
निर्माता : रोमू एन. सिप्पी
राज एन. सिप्पी
स्क्रीनप्ले, निर्देशक : गुलज़ार

सितारे

विनोद खन्ना : मेजर रंजीत खन्ना
ओम शिवपुरी : डॉक्टर चौधरी
लिली चक्रवर्ती : पुष्पा
फ़रीदा जलाल : राधा
इफ़तेख़ार : कर्नल बख़्शी
असरानी : डॉक्टर कैलाश